SV

Sonderdruck
edition suhrkamp

Martin Walser
Das Prinzip Genauigkeit

Laudatio auf
Victor Klemperer

Suhrkamp

edition suhrkamp
Sonderdruck
Erste Auflage 1996

Erstausgabe

Satz: Gutfreund, Darmstadt
Druck: Nomos Verlagsgesellschaft, Baden-Baden
Umschlagentwurf: Willy Fleckhaus
Printed in Germany

1 2 3 4 5 6 – 01 00 99 98 97 96

Das Prinzip Genauigkeit

Laudatio auf Victor Klemperer

Als ich im September und Oktober 1989 in Dresden in der Sächsischen Landesbibliothek in allen möglichen Saxoniae herumblätterte, weil ich, einer aus Dresden stammenden Romanfigur zuliebe, eine Ahnung von den Eigen- und Wesenheiten der sächsischen Geschichte erwerben wollte, hörte ich, daß in der Handschriftenabteilung die Tagebücher von Victor Klemperer lägen. Victor Klemperer habe, weil er mit einer nicht-jüdischen Frau verheiratet war, den Krieg in Dresden überstanden. Durch sein Buch *LTI* (Lingua Tertii Imperii) kannte ich den Namen. Ich las mich ein und hinein in seine Handschrift, die er in seiner Autobiographie selber eine »entsetzliche« nennt. Meinen aufgekratzt von der Klavierstunde kommenden zwölfjährigen Romanhelden ließ ich dann dem unter Bewachung schneeschaufelnden und vom Schneeschaufeln erschöpften Juden Victor Klemperer begegnen.

Als Klemperer im Frühjahr 1897, sechzehnjährig, in Berlin in der Kurz- und Galanteriewarenhandlung Löwenstein und Hecht Lehrling wurde, soll es ihm wegen dieser »entsetzlichen« Handschrift nicht gelungen sein, sich aus den Lagerräumen heraus und ins Kontor vorzuarbeiten. Aber er wäre, auch wenn er eine dem Kontoranspruch genügende Handschrift gehabt hätte und als Kaufmann Karriere gemacht hätte, ein Schriftsteller geworden. In dieser Lehrlingszeit fing er an, Tagebuch zu schreiben. Mehr als sechzig Jahre lang hat er das fortgesetzt in seiner kein Wort besonders präsentierenden, sondern alle Wörter ins durchsichtige Liniengehege zurücknehmenden Handschrift. Noch während ich mich mit dieser Handschrift befreundete, wurde ich von einer Mitarbeiterin der Landesbibliothek beschenkt: in der UNION, der Zeitung der Dresdner CDU, waren von 1987 bis 1989 Auszüge aus diesen Tagebüchern veröffentlicht worden. Der Redakteur, der das bewirkt hatte, war Uwe Nösner.

Von Dresden zurück, las ich gleich Klemperers Autobiographie, die gerade, in Leipzig gedruckt und zweibändig, zugleich bei Siedler und bei Rütten und Loening, erschienen war.

Dafür ist Walter Nowojski zu danken. Und jetzt die Tagebücher von 1933 bis 1945, wieder herausgegeben von Walter Nowojski, unterstützt von Hadwig Klemperer.

Bis in den Juni 1945 reicht dieses Tagebuch. Dem Satz, mit dem die Herausgeber schließen, stimmt man mit jenem vollen Gefühl zu, mit dem man den letzten Satz eines gut komponierten Romans zur Kenntnis nimmt: »Am späteren Nachmittag stiegen wir nach Döltzschen hinauf.« Dort hatten sie, Eva und Victor Klemperer, ihr Haus gehabt, auf das Eva Klemperer, mindestens seit 1917, zugelebt hatte, mit Zeichnungen, Entwürfen, Plänen, das sie zu spät gebaut hatten, in den Dreißigerjahren nämlich; praktisch nur, um dann daraus vertrieben zu werden und dann immer noch einmal vertrieben, von einem »Judenhaus« zum nächsten.

Ich bin froh, daß ich noch einem danken kann, Günter Jäckel nämlich, der für den Dresdner Geschichtsverein jetzt noch die Tagebücher 1945, Juni bis Dezember, herausgegeben hat. Durch dieses Extraheft der *Dresdner Hefte* wird dieser Herbst vollends die Saison Victor Klemperers.

Es ist nicht leicht ein literarisches Lebenswerk denkbar, bei dem die Geschichte seiner Veröffentlichung so sehr zum Inhalt gehört wie bei Victor Klemperer. An die 3500 Seiten Autobiographisches in drei Erscheinungsformen: 1947 *LTI*, 1988 die Autobiographie, vom Geburtstag 1881 bis zum Ende des Ersten Weltkriegs; jetzt die Tagebücher 33 bis 45 und die vom Juni bis Dezember 45.

Im Sommer 1935 wurde Klemperer verboten, weiterhin als Romanist zu lehren. Im Oktober 35, Neuphilologen-Kongreß in Dresden. Klemperer notiert: »Nicht einer von all den romanistischen Kollegen hat mich aufgesucht; ich bin eine Pestleiche.« Ende 1937 wird ihm verboten, sich in den Lesesaal der Universitätsbibliothek zu setzen. Ende 1938: er darf die Bibliothek überhaupt nicht mehr betreten. Der Beamte, der ihm das mitteilen muß, bittet ihn ins Hinterzimmer, ist hocherregt, Klemperer muß ihn beruhigen. »Er streichelte mir immerfort die Hand, er konnte die Tränen nicht unterdrücken, er stammelte: ›Es kocht in mir‹.« Klemperer nennt es eine »absolute Mattsetzung«. Er hatte Bücher publiziert über Montesquieu, »Die französische

Literatur von Napoleon bis zur Gegenwart«, über »Moderne Französische Lyrik«, zuletzt, 1933, über Corneille. Seitdem hieß sein großes Projekt: Dix-huitième. Das 18. Jahrhundert. Ende 36 war der erste Band druckreif, Ende 37 war das Rousseau-Kapitel, fast hundert Seiten, fertig, dann also 1938, die »absolute Mattsetzung«. Jetzt bildet sich die Idee und wird rasch ein Plan: da er ohne Bibliothek nicht wissenschaftlich arbeiten kann, wird er mit dem arbeiten, was er im Haus hat: das sind seine Tagebücher von 1897 bis 1938. Der Titel *Curriculum Vitae* taucht jetzt in den Tagebüchern immer häufiger auf. Eigentlich sollte Klemperer in den Jahren 38 und 39 dringend Englisch lernen; er hat sich im Ausland beworben; hat durch Georg, seinen ältesten Bruder, und dessen Söhne, die alle schon in den USA sind, die Neffen schon Ärzte dort, durch sie hat er schon ein Affidavit, hat eine Quotennummer, also zwingt er sich, Englisch zu lernen; aber er tut es halbherzig. Im April 41 notiert er: »Vor USA graut mir. Abhängig von Georg oder seinen Söhnen, ohne Kenntnis der Sprache ...« Und statt sich »auf die englische Grammatik zu stürzen«, wie er sollte, notiert er: »Ich halte mich am *Curriculum* fest ...« Das sollen zwei Bände werden. Band 1: vom Geburtstag, dem 9. Oktober 1881 in Landsberg an der Warthe, bis zum Begräbnis des Vaters, der am 12. Februar 1912 in Berlin gestorben war. Band 2: von 1912 bis 1919. Der 3. Band sollte erzählen, wie Klemperer 1920 Professor in Dresden wurde, und sollte reichen bis 1933. Der 4. Band würde dann die Tagebücher nacherzählen, die er von 33 bis ... ja bis zum Ende der NS-Diktatur schreiben wollte. Falls er dieses Ende erleben würde. Aber auf jeden Fall würde er mitschreiben, was passierte. Am 9. Juni 1942 notiert er: »... vielleicht lasse ich das Mittelstück 1920–1933 beiseite, bis ich ›das Dritte Reich‹ fertig liegen habe. Vorderhand kann ich nichts tun als lesen und exzerpieren, was mir erreichbar ist, und das Tagebuch mit größter Genauigkeit führen. Was übrigens eine tapfere Handlung bedeutet und mir immer wieder Angst macht.«

Das ist doch ein Projekt: 1920 bis 1933 will er erst bearbeiten, wenn er das »Dritte Reich« fertig liegen hat! Er meinte im Jahr 1942, er werde dieses Dritte Reich darstellen in dessen

Sprache. *Lingua Tertii Imperii* nannte er das Projekt, das dann 1947 erschien unter dem Titel *LTI*. So wie er 1938 bis 1942 die Tagebücher von 1897 bis 1919 in die Autobiographie *Curriculum Vitae* verwandelte, so verwandelte er nach 1945 die Tagebücher 1933 bis 1945 in das Buch *Lingua Tertii imperii*. Aber dieses Buch ist, obwohl auch da das Tagebuch immer durchscheint, viel weniger autobiographisch als das *Curriculum*. *LTI* hat den Untertitel *Notizbuch eines Philologen*.

Victor Klemperer konnte im Jahr 42 sein *Curriculum* nicht fortführen, weil er die Tagebücher, die er dazu brauchte, in Sicherheit bringen mußte. Die Gestapo-Überfälle häuften sich. 11. Juni 1942: »Nach einem gipfelhaft furchtbaren Tag eine dauernde weitere Verschlimmerung der Situation. Gestern mittag gegen halb zwei – ich hatte die Kartoffeln auf dem Feuer – wieder Gestapo, das vierte Mal in vierzehn Tagen.« Daß er nicht längst »evakuiert«, das heißt deportiert ist, hat er seinem Mischehen-Status zu verdanken und, eine Zeit lang, auch dem Umstand, daß er als Freiwilliger des ersten Weltkriegs gedient hat und mit dem bayerischen Verdienstkreuz ausgezeichnet worden ist. Ab 1942 befindet sich alles Notierte bei der Freundin Dr. Annemarie Köhler in Pirna, und alles, was er jetzt noch notiert, wird von seiner Frau Eva dorthin geschafft. Versteckt in Notenbüchern oder Bänden französischer Lyrik. Jedesmal, wenn Eva mit seinem Geschriebenen unterwegs ist, wartet er unruhig auf ihre Rückkehr. Würde sie kontrolliert werden, würde man sein Geschriebenes bei ihr finden, würde in Pirna das Haus der beim Regime nicht gut angeschriebenen Dr. Annemarie Köhler durchsucht werden – dann würden alle drei, die Freundin, die Frau und er, getötet werden. Jedesmal fragt er sich: Wofür exponiere ich Eva? Einmal nennt er, was ihn weiterschreiben läßt, »Berufsmut«. Als Frau Hirschel und ihr Mann deportiert werden – und das heißt: in Kürze ermordet werden –, notiert er: »Ich habe ihr sagen lassen – denn ich weiß, was ihr wohltut –, ich sei ihr für viele Anregungen Dank schuldig, und wenn ich noch einmal zum Publizieren käme, würde ihr Name in meinem Opus eine Rolle spielen« (12. Juni 1943).

Frau Hirschel hat ihm Bücher geliehen, hat ausgiebig mit ihm über Deutsche und Juden diskutiert, hat ihn wissen lassen, sie und ihr Mann, der der Vorstand der »Israelitischen Religionsgemeinde« in Dresden war, seien liberal jüdisch und fanatisch deutsch. Victor Klemperer klärt Frau Hirschel auf, daß »fanatisch deutsch« eine »contradictio in adjecto« sei, entweder ist etwas deutsch, oder es ist fanatisch; »fanatisch« sei ein Lieblingswort Hitlers. Frau Hirschel versprach, »fanatisch« durch »leidenschaftlich« zu ersetzen. Also »liberal jüdisch« und »leidenschaftlich deutsch«: August 1942. Einmal sagte Frau Hirschel auch, die früher Assistentin des Literaturwissenschaftlers Oskar Walzel gewesen war, »... *wir* werden Goethe retten!« Klemperer kommentiert: »›betont nichtzionistisch, betont ästhetisch, goethedeutsch.«

Victor Klemperer hat den Hirschels und anderen Denkmäler erschrieben. In der Bemerkung, daß er wisse, was Frau Hirschel in dieser grauenhaften Situation wohltue, hat er, glaube ich, auch sein eigenes Motiv berührt. Die eher irrsinnige Hoffnung, durch Schreiben könne einem Verlauf, der vor bloßer Brutalität keine Sinnfrage mehr zuläßt, doch noch etwas entgegengesetzt werden: das Verbrechen, das sich hier triumphierend aufführt wie für immer, wird beim Namen genannt. Und das, vielleicht, auch für immer. Daß der Frau, die gleich umgebracht werden wird, die Aussicht, in Klemperers Geschriebenem bewahrt zu werden, überhaupt etwas bedeuten konnte, das wußte Klemperer auch von sich selbst. Es ist ein durch keine ihm angetane Gemeinheit zerstörbares Kulturvertrauen. Ein Verbrechen kann nicht die Geschichte beenden, die doch so lange unterwegs war, damit ein Verbrechen als solches erscheinen muß. Wenn es Zeugen gibt. Und so ein Zeuge wollte Victor Klemperer sein. Und er notiert, hält fest, was er »die märchenhafte Gräßlichkeit unserer Existenz« nennt. Er spürt, daß es auf alles ankommt, daß unter solchen Leidensumständen nichts zu gering und nichts zu gräßlich ist. Am 29. Oktober 1944 notiert er, daß Steinitz da war, der auf dem jüdischen Friedhof als Totengräber Dienst tat: »... er bringt Eva unfermentierte Tabakblätter mit von Pflanzen, die er auf dem Grabe eines jüdischen Tabakhändlers gezogen hat...« Aber sich selber beobachtet Klemperer genau so genau und konstatiert einmal »eine gewisse

Wonne der Neugier und Befriedigung«. Befriedigung, weil er dabei ist, die Gräßlichkeit einen Zeugen hat. »... dann komme ich mir mutig vor, daß ich alles zu notieren wage.«

Angefangen hat sein Schreiben ganz harmlos. Eben als er Lehrling war, abends ins Theater ging und sich nachher fragte, was dieser Theaterbesuch für ihn bedeutet habe. Er war nach sechs Klassen Gymnasium in Berlin Kaufmannslehrling geworden. Die tüchtigeren Brüder Georg, Felix und Berthold, zwei berühmte Ärzte, ein erfolgreicher Anwalt, redeten ihm ein, daß der Vater nur erfolgreiche Söhne ertrage. Also zurück auf die Schule, und zwar nach Landsberg an der Warthe, wo der Vater vor dem Umzug nach Berlin Rabbiner gewesen war. Dort wurde Victor Primus, spürte den Hang zur Literatur, betrieb ein florierendes Tagebuch, sein Motiv jetzt: Stoffsammlung für spätere Romane. Schon das zweite Motiv. Als er in den Dreißigerjahren diese Tagebücher auswertet, kommentiert er: als er eingesehen habe, daß er keine Romane schreiben könne, sei das Tagebuchschreiben schon so sehr eine Gewohnheit gewesen, daß er es nicht mehr habe lassen können. Also schreibt der Student auch in München – zuerst Germanistik, dann Romanistik – Tagebuch. Dann schreibt der Student, der Dozent, der Soldat und der Professor Tagebuch: in Berlin, München, Genf, Paris, Bordeaux, Neapel, Flandern, Leipzig, Litauen und Dresden.

Im Gymnasium in Landsberg an der Warthe war Klemperer Primus, als solcher sollte er, dem Brauch nach, bei den Kneipen präsidieren, das hieß, mit dem Hieber auf den Tisch hauen, den Salamander kommandieren, die Lieder angeben und kräftig mittrinken. Aber an Festtagen kamen Verbindungsstudenten und Reserveoffiziere zu den Kneipen; ein Jude konnte weder Verbindungsstudent noch Reserveoffizier werden; was würden diese Gäste sagen, wenn ein Jude die obligate patriotische Rede am Sedanstag, die obligate Weihnachtsansprache hielt? Aber wenn er Amt und Ehre ablehnte, hieß das: als Jude aus Opposition einen deutschen Brauch ablehnen. Und da er seinem »Wollen und Denken nach auf die reindeutsche Seite« gehörte, nahm er das Amt an. Und begegnete, als ein betrunkener Wirrkopf einmal ein Ergebenheitstelegramm an den Kronprinzen durchsetzen wollte, zum ersten Mal dem Antisemitismus. Aber er fühlte sich so sehr als Deutscher, was ging ihn da Antisemitismus an!

In der Mitgliederliste des »Bücherzirkels« wurde Vater Klemperer unter Beamten, Offizieren, Ärzten, Anwälten und Geistlichen geführt als »Prediger Dr. Klemperer«. So stand er neben dem »Prediger Schroeter«. Daß Schroeter Pastor war, Klemperer Rabbiner, sei, so erzählt der Sohn, weder von den Christen »als eine Verheimlichung, noch von den Juden als Verrat« gewertet worden, es war einfach, so der Sohn, »der Ausdruck seines Willens zum Deutschtum«. Dann wurde der Vater Rabbiner bei der jüdischen Reformgemeinde in Berlin; »einzigartig in der Welt«, sagt Victor Klemperer; eine Vernichtung des Judentums, sagten die Strenggläubigen. Die biographische Notiz in der Dissertation des Bruders Georg beginnt: »Ich bin als Sohn eines Landgeistlichen geboren.« Natürlich haben sich die älteren Brüder Georg, Felix und Berthold in Berlin gleich taufen lassen. Felix, zum Beispiel, wollte dadurch als Student in eine schlagende Verbindung aufgenommen werden. Und natürlich heirateten die erfolgreichen Brüder Mädchen aus wohlhabenden christlich-bürgerlichen Familien. Und natürlich verlangten die Brüder, daß die Schwester Recha von jetzt an Grete heiße. Die Schwestern heirateten allerdings nicht so konsequent ins Christliche wie die Brüder. Als Victor Klemperer 1903 zum Militär soll, setzt Bruder Berthold unter fast abenteuerlichen Umständen ganz schnell noch Victors Sofort-Taufe durch. Einfach damit Victor, falls er Soldat wird, dann auch Reserveoffizier werden kann. Aber als Klemperer drei Jahre später die ostpreußische und christliche Bürgertochter Eva heiratet, gibt er als Konfession an »mosaisch«. Bertholds Taufmanipulation hat nicht gehalten. Aber als Victor Klemperer sich dann, nach einem aufgegebenen Studium und nach sieben Berliner Literatenjahren, im Jahr 1912 erneut immatrikuliert – wieder gedrängt von den erfolgreichen Brüdern, die einfach im Familienwappen noch einen Professor brauchen –, da greift er auf den Taufschein von 1903 zurück, widerruft den Trauschein von 1906, ist wieder protestantisch und bezeichnet das dann später als seine »konfessionelle Bigamie«. Die erträgt er um so eher, als er, sagt er nach 1938, »allen traditionellen Glaubensformen« »mit unterschiedslos gleicher Indifferenz und Kälte« gegenüberstand. 1906, bei der Trauung, habe er seine Taufe rückgängig gemacht, weil er sich »im schroffen Gegensatz zum Strebertum« seiner Brüder gefühlt habe. »Aber ich wußte jetzt (und er meint 1912) genauer und schwankungsloser als damals, daß ich ein Zentrales dieses Strebertums ganz und gar mit ihnen teilte: den Willen zum Deutschsein. Und ich hatte seit den Wiener und Prager Erfahrungen nicht mehr die feste Überzeugung, daß sich Judentum und Deutschtum unter allen Umständen miteinander vertragen könnten. Kam aber eine Wahl im geringsten in Betracht, so bedeutete mir das Deutschtum alles und das Judentum gar nichts.« Daß man gezwungen sein könnte, sich zwischen Deutschtum und Judentum zu entscheiden, geht zurück auf erste Erfahrungen mit dem Zionismus, die er, in journalistischer Mission in Prag und Wien, gemacht hatte. Daß dieses Bekenntnis zum Deutschtum, das er mitten im NS-Terror wieder und wieder formuliert, nicht als schaurig masochistischer Exzeß mißverstanden werde, sei ein Eindruck von außen zitiert. Der große Gelehrte Benedetto Croce schreibt im Januar 1915 aus Neapel an Karl Voßler in München, bei dem sich Klemperer im Jahr zuvor habilitiert hatte – und Klemperer war 1915 in Neapel, an seiner ersten akademischen Stelle: »Anscheinend ist er (Klemperer) mit folgenden drei fixen Ideen nach Italien zurückgekehrt. 1. daß jeder Italiener zu bekennen hat, daß Deutschland angegriffen worden ist und gegen seinen Willen den Krieg führt; 2. daß, sollte Italien nicht parieren, ich weiß nicht wie viele Armeekorps bereit stehen und in Italien einmarschieren werden... Im übrigen ist Klemperer ein trefflicher und gescheiter Mann, und es ist nicht seine Schuld, wenn es ihm ein wenig an Takt und Geist fehlt. Daran fehlt es bei so vielen deutschen Professoren!« Also Klemperer ist nach dem Urteil des Universalgelehrten Croce nicht nur ein Deutscher, sondern sogar ein typischer Deutscher, und mehr noch: ein typischer deutscher Professor. Klemperer zitiert im *Curriculum* die Tagebücher seiner Wanderjahre oft genug mit dem Satz: »Das ist bei uns unmöglich!« Immer wenn ihm in Genf, Paris, Bordeaux, Neapel etwas nicht gefällt, quittiert er das mit dem Satz: »Das ist bei uns unmöglich!« Sehr viel deutscher kann man doch gar nicht sein. Und sehr viel preußischer auch nicht. Sobald er in München studiert, reagiert er auf hofbräuhaft Bayerisches so stereotyp preußisch, daß es, bei einem so gescheiten Mann, schon fast komisch wirkt. Aber in diesem antibayerischen Affekt erlebt er sich eben als Preuße, also als Deutscher. Heinrich Heine, 1828: »Ich bin in Bayern Preuße geworden.« Klemperer hält immer wieder fest, daß es zwischen Juden und Deutschen nichts derart Trennendes gebe wie zwischen Nord- und Süddeutschen, Protestanten und Katholiken, Arbeitgebern und Arbeitnehmern. Und als der alles regelnde Bruder Georg, Direktor des Preußischen Instituts für Krebsforschung, in der Todesanzeige für den Vater den Beruf wegläßt und nur meldet, daß da der Vater Dr. phil. Wilhelm Klemperer gestorben sei, bemerkt Victor, daß dieser Angleichungswille in ihm so lebendig ist wie in den drei erfolgreicheren Brüdern. Nur, er muß darüber reflektieren, im Tagebuch, in der Autobiographie. In den drei erfolgreichen Brüdern dominiert der Wille, im sozusagen schwächeren Victor die Betrachtung. Er läßt sich nichts unbedacht durch.

Auch wenn er es zuerst nur eine Gewohnheit nennt, auf alles Vorkommende schriftlich zu reagieren, es ist auch eine Lebensart zu nennen. Dadurch daß er schreibend auf das Erlebte antwortet, gemeindet er es sich ein, vermittelt er es für sich; erkennt er, was es für ihn bedeutet.

Als er mit den Eltern in Marienbad war, sah er zum ersten Mal galizische Juden, seine Reaktion: »Hätte mir jemand gesagt, ich gehörte mehr zu ihnen als zu meinen deutschen Mitbürgern, ich hätte ihn für wahnsinnig gehalten, und noch heute halte ich jeden für wahnsinnig, der so etwas behauptet.« Und mit diesem Heute sind gemeint die Jahre, in denen er das *Curriculum* schrieb, 1938 bis 1942. In Gershom Scholems Erinnerungsbuch »Von Berlin nach Jerusalem« erfährt man, daß das Erscheinen der osteuropäischen Juden auch ganz anders erlebt werden konnte. Der sechzehn Jahre jüngere Scholem, der in Berlin noch Gerhard hieß, aber ungetauft war, hatte Martin Bubers »Legende des Baalschem« gelesen, die Schrift über den sagenhaften Erwekker des Chassidismus. Scholem erinnert sich so: »In jedem Juden aus Rußland, Polen, Galizien, der uns begegnete, sahen wir etwas wie eine Inkarnation des Baalschem und jedenfalls des unverstellten und uns faszinierenden jüdischen Wesens.« 1918 wird Klemperer in Wilna – wo er als Zensor für die deutsche Militärverwaltung gearbeitet hat – in eine Talmudschule geführt: »... sie stieß mich wie mit Fäusten zurück.« »Ich gehörte nach Europa, nach Deutschland, ich war nichts als Deutscher, und ich dankte meinem Schöpfer, Deutscher zu sein.« Als er einmal im Juli 42 diese Tag- und Nachtfrage, ob man Jude sei oder Deutscher, mit Dr. Katz diskutiert – Dr. Katz sitzt im goldgerahmten Wartezimmerfoto in Uniform und mit EK I als Stabsarzt zu Pferd –, da sind sich beide darüber einig, daß »viel Schuld ... dem ungehinderten Zustrom des bloß geldsüchtigen Ostjudentums« zukomme, und Klemperer formuliert einen Vorschlag, der zeigt, daß er bis zur Karikatur deutsch sein konnte: »Ich sagte, ich würde ein Bildungsexamen vor die Einwanderung setzen.« Nicht ohne Grund hat ihn der weise Benedetto Croce, der den jungen Lektor Klemperer in

Neapel erlebte, in einem Buch einen »Deutschen im verwegensten Sinn des Wortes« genannt. Aber diesen Spott wiederum hat Klemperer selbst in der Autobiographie zitiert.

Wenn man wissen will, wie verschieden deutsche Juden dieses Deutschsein erleben konnten, vergleiche man Gershom Scholems, Victor Klemperers, Franz Kafkas, Ernst Blochs, Schmuel Hugo Bergmans Aufzeichnungen und Briefe am Anfang des Ersten Weltkriegs. Den Ausbruch des Krieges begrüßt Klemperer so enthusiastisch wie Thomas Mann und andere: »Der Krieg ist höchste Sensation und einzige dem Kulturmenschen noch gebliebene Katharsis.« Dazu scheint zu passen, daß ihm in dieser Zeit Schiller näher ist als Shakespeare. Aber die Kriegswirklichkeit holt ihn ein, stimmt ihn um, will ihn umstimmen, aber er wehrt sich, schämt sich »der Kritteleien und Müdigkeiten«, aber er meldet sich freiwillig, wird Kanonier. Als er in Berlin die Synagoge der Reformgemeinde besucht, zählt er achtundzwanzig Uniformierte, neun mit dem Eisernen Kreuz, fragt sich aber im Tagebuch: »Wofür kämpfen sie? ... Wirklich und ganz einfach für ihr Vaterland? Oder für die Erlangung eines Vaterlandes? Oder weil es sie ›sehr stark in ihrer Laufbahn fördern‹ wird? Und ich selber? ... Ich wünschte, ich wäre erst im Felde. Danach werde ich mir kosmopolitische Ideale erlauben dürfen.« Und je schlechter es Deutschland geht, desto mehr fühlt er sich zugehörig. Aber nie ohne die Skrupel dessen, der seine Erlebnisgenauigkeit in keiner Niederschrift narkotisieren kann. »Wann und bei welchem Tun werde ich je ein reines Gewissen haben?« Scholem kann dieses Thema in seinem Tagebuch bei der Beschreibung der Musterungsprozedur slapstickhaft erledigen: »Dann soll ich einmal tief atmen, ich atme so schlecht ich irgend kann ...« Und: »Untauglich.« Auch Bloch war nicht scharf darauf, »tauglich« zu sein, er schreibt im September 1915 an Lukács, man hüte sich ja auch, »farbenblinde Lokomotivführer anzustellen«. Es sind aber auch Juden, wie man in Schmuel Hugo Bergmans Kriegstagebüchern lesen kann, begeistert gegen das zaristische Rußland marschiert und haben einander zugerufen: »Rache für die Pogrome.« Aber dann notiert Bergman: »... sie singen deutsche, singen tschechische Lieder. Wohin gehöre ich?«

Und als Kafka mitten in der Menge steht, die ruft: »Es lebe unser geliebter Monarch, hoch!«, notiert er dazu: »Ich stehe dabei mit meinem bösen Blick.« Bergman wurde praktisch, ab 1920 war er und blieb er in Palästina und übersetzte, zum Beispiel, Martin Buber ins Hebräische. Und Gerhard Scholem war dann, ab 1923, als Gershom Scholem auch in Palästina und wohnte zuerst bei Hugo Bergman, sah auf dessen Klavier ein Bild Franz Kafkas und wurde Bibliothekar der hebräischen Abteilung der Nationalbibliothek. Scholem war in Berlin schon Mitglied von »Jung-Juda« gewesen, brannte geradezu darauf, Jude zu sein, lernte Hebräisch, in seinem Tagebuch kommt der Ausdruck »jüdischer Rassenstolz« vor. Diese Entwicklung hat Victor Klemperer nur in der ihn abstoßenden Herzlschen, der zionistischen Version kennengelernt.

Bevor er sich im Jahr 1912, nach dem Tod des Vaters, von den Brüdern zum Weiterstudieren nach München schicken ließ, traf er als recherchierender Literat in Wien und Prag auf Zionisten. Ein Prager Anhänger des Zionismus erzählt ihm, während der letzten Jahre im

Gymnasium habe keiner der deutschen Mitschüler mit ihm und seinen beiden jüdischen Kameraden »... auch nur ein Dutzend Wörter gesprochen«. Die Zionisten verlangen von Klemperer, daß er, wenn er dort spreche, den »jüdisch nationalen, nicht den deutschen Standpunkt« vertrete, er antwortet: »... unsere Geistigkeit ist deutsch und nicht palästinensisch«. Er ist richtig erschrocken, als er im Ghetto in Prag so oft auf seinen Namen traf. In Berlin ist man eine deutsche Familie mit einem deutschen Namen. In Berlin angesehene Leute, »hier gehörten die Klemperers zum Ameisenhaufen der armseligen Ghettohändler.« Aber, sagt er: »Ich wollte unsere Herkunft nicht verscharren, wie es meine Brüder taten, aber ich wollte mich doch mit jedem Gedanken und aller Herzenswärme zum Deutschtum bekennen.«

In Wien besucht er unter anderen die Dichter Beer-Hofmann und Arthur Schnitzler. Schnitzler, das hat er schon in Prag gehört, »zahlt den Zionisten regelmäßig seinen Beitrag«. Über dem Eingang zu Beer-Hofmanns Villa glänzt ein Davidstern, die Vorhalle wird beherrscht von einer Moses-Statue. Der

Hausherr sagt, der »überkommene Blutstrom bedeute alles«. Seine Abstammung ist sein Stolz. »...wer habe eine bessere Ahnenreihe?« »Er sei Jude und gar nichts anderes...«

Klemperer: »...ich ging einigermaßen fassungslos fort.«

Das ist auch der Romanist, der so reagiert, der Darsteller Montesquieus und Voltaires. Die Aufklärung kann doch nicht so wirkungslos gewesen sein, daß jetzt, im 20. Jahrhundert, wieder »der Blutstrom« den Ausschlag gibt. Es dauert lange, bis er das Eigenschaftswort »jüdisch« ohne weiteres gebrauchen kann. Eine Zeit lang verwendet er dafür »orientalisch«. Das Jargonwort nebbich, das Gershom Scholem von einer Tante gehört und sofort in Gebrauch umgesetzt hat, schreibt Klemperer einmal mit griechischen Buchstaben. Ist das Mimikry oder Verfremdung? 1933 erlebt der Liebhaber und Kenner des Dix-huitième dann wirklich als einen Rückfall ins Mittelalter. Judenverfolgung, Hexenverbrennung – wann war das zum letzten Mal in Mitteleuropa? Und er lernt etwas dazu über Deutschland. »Alles, was ich für undeutsch gehalten habe, Brutalität, Ungerechtigkeit, Heuchelei, Massensuggestion bis zur Besoffenheit, alles floriert hier.« Als einer der Schicksalsgenossen ihn im Jahr 1935 daran erinnert, wie assimiliert Klemperer doch war, antwortet Klemperer: War?! »Ich bin für immer Deutscher...« Der andere: Das würden die Nazis nicht zugeben. Klemperer: »Die Nazis sind undeutsch.« Jetzt beginnt dieses Hin und Her. Hierbleiben, emigrieren? Deutscher sein, Jude sein...? Nach den Brutalitäten der sogenannten Kristall-Nacht notiert er: »Wir müssen fort.« Im April 41: »Früher hätte ich gesagt: Ich urteile nicht als Jude... Jetzt: Doch, ich urteile als Jude...« Hitler habe ihm die jüdische Sache ins Zentrum gerückt. Aber wenn er mit den Schicksalsgenossen diskutiert, bekennt er sich doch wieder zum »Deutschtum«. Das glaubt ihm keiner mehr. Er notiert: »Es handelt sich nicht darum, was die anderen von mir glauben, über mein Deutschtum entscheidet allein mein Gewissen.« Dann kommt der schlimmste Tag für ihn, den er auch nach Kriegsende als den »schwersten Tag der Juden in den zwölf Höllenjahren« bezeichnet: der 19. September

1941. »Von da an war der Judenstern zu tragen.« Er notiert in den nächsten Jahren, wie er als Sternträger nicht nur Kränkung erlebt, sondern fast genau so oft Sympathiebezeugung; aber den Stern tragen zu müssen war doch nichts als »Tortur«. So aus seinem Deutschtum ausgestoßen zu werden! Im Mai 42 notiert er: »Den schwersten Kampf um mein Deutschtum kämpfe ich jetzt. Ich muß daran festhalten: Ich bin deutsch, die andern sind undeutsch; ich muß daran festhalten: Der Geist entscheidet, nicht das Blut. Ich muß daran festhalten: Komödie wäre von meiner Seite der Zionismus – die Taufe ist *nicht* Komödie gewesen.« Auch wenn Victor Klemperer hier mitten in Not und Grauen seine Taufe verklärt – er und seine Frau Eva sind ja nach 1945 ohne große innere Bewegung aus der evangelischen Kirche ausgetreten –, eine Taufe war und ist doch schon an und für sich geistige Handlung, mit ihr soll der Bindungsanspruch des Blutes überwunden werden; das ist, unabhängig von jedem religiösen Inhalt, ein Akt der Emanzipation. Ein Versuch in Humanismus auch. Gershom Scholem, in Berlin in einer Familie geboren und aufgewachsen, in der man dem Reformjudentum Vater Klemperers näherstand als der Orthodoxie, Scholem hat aber von Anfang an anders reagiert: er hat den Weg zurück gesucht. Er meldet nicht ohne Stolz, in den Familien Scholem und Hirsch habe es zwischen 1831 und 1933 nur zwei Taufen gegeben. Und Scholems Vater gehörte doch dem »strikt antizionistischen« »Centralverein deutscher Staatsbürger jüdischen Glaubens« an, zu dessen Vereinslokalen in ganz Deutschland Victor Klemperer in seiner Literatenzeit zwischen 1905 und 1912 als Vortragsreisender unterwegs war. Assimilation predigend. Scholem hat dafür nur eine Qualifikation: »Selbstbetrug«. Während Victor Klemperer jede antisemitische Gemeinheit als Rückfall ins Mittelalter qualifiziert, während er, der Adept Montesquieus und Voltaires, fest darauf vertraut, daß dieser doch ganz und gar reaktionär daherkommende Antisemitismus durch die Aufklärung längst überwunden sei, also keine historische Chance mehr habe, sagt Scholem, »der allgemeinen Erfahrung des wachsenden Antisemitismus« »konnte sich nur ein imaginäres Wunschdenken verschließen«. Das ist Auskunft NACH Auschwitz.

Ich möchte mich dieser Auskunft auch NACH Auschwitz lieber nicht anschließen. Daß die Ungeheuerlichkeit der Entwicklung dazu führt, bei allem, was vorher war, nur noch daran zu denken, daß nachher Auschwitz stattfand, ist zwar verständlich, trotzdem wehre ich mich gegen diese Sicht. Victor Klemperer erwähnt einmal eine Hitlerrede, in der Hitler gesagt habe, ohne 1918 hätte er 1933 nicht geschafft. Klemperer fand das wohl auch. Golo Mann hat den Ersten Weltkrieg die »Mutterkatastrophe« genannt. Ohne diese Katastrophe hätte die noch schlimmere zweite nicht stattgefunden. Hätte das deutsch-jüdische Zusammenleben unter zivilen und zivilisatorisch normal sich weiter entwickelnden Verhältnissen zu nichts als zur schlimmsten Katastrophe führen müssen? Ganz sicher nicht. Ich habe für diese Art Wunschdenken sonst wenig Gelegenheit, aber Klemperers Schriften, in denen acht Jahrzehnte dieses Zusammenlebens festgehalten und nacherzählt werden, zwingen einem dieses nachträgliche Wunschdenken förmlich auf. Und ich überlasse mich ihm nur zu gern. Viel lieber als dem, was nachher Wirklichkeit wurde. Wer alles als einen Weg sieht, der nur in Auschwitz enden konnte, der macht aus dem deutsch-jüdischen Verhältnis eine Schicksalskatastrophe unter gar allen Umständen. Das kommt mir absurd vor. Abgesehen davon, daß es dann kein deutsch-jüdisches Gedeihen in Gegenwart und Zukunft gäbe. Dem widerspricht aber schon die Einwanderungsstatistik. Deutschland ist, auch wenn das die Verklärer des häßlichen Deutschen nicht wahrhaben, ein Einwanderungsland, auch für Juden.

Klemperer nimmt sich um 1942 vor zu studieren, wie es zum Zionismus und wie es zum Nationalsozialismus kommen konnte. Da er in der Entwicklung einer jüdischen Nationalität eine Art anderen Rassismus sah, entdeckte er in Zionismus und Nationalsozialismus eine Verwandtschaft. Aber je härter der tägliche Gestapo-Terror wurde, desto mehr billigte er dem Zionismus, wie er das nannte, mildernde Umstände zu.

Klemperer erleidet, wie hundert Jahre vorher Heinrich Heine, dieses quälende Schwanken zwischen deutschem und jüdischem Selbstbewußtsein. Und wie bei Heinrich Heine zerreibt dieses Schwanken beide Arten von Selbstbewußtsein, so daß am Ende nichts als das Nichts zu bleiben droht. Klemperer sagt einmal, die Unsicherheit sei die faculté maitresse des Juden. Während Heine dann dem braven alten Bibelgott in seinen Versen immer freundlichere Stellen bereitet, tritt Victor Klemperer im November 45 in die KPD ein. Heinrich Heine hatte sich lange genug geweigert, Jude zu sein. Ihm sei das Deutsche das, »was dem Fische das Wasser« sei, er könne aus diesem »Lebenselement« nicht heraus, »... meine Brust ist ein Archiv deutschen Gefühls ...« Klemperer notiert im Februar 1943: »Welch ein Wahnsinn der Nationalsozialisten war und ist es, die Juden aus ihrem Deutschpatriotismus herauszudrängen.« Es kann nicht alles, was zwischen dem Hardenbergschen Edikt und der Nürnberger Rasse-Schmählichkeit versucht, gedacht und erträumt wurde, nur »Selbstbetrug« gewesen sein. Wahrscheinlich haben alle, die an diesem deutsch-jüdischen Versuch beteiligt waren, die zivile, die gesellschaftliche Wirkung, den emanzipatorischen Effekt der Taufe überschätzt. Man kann den Eindruck haben, die, die sich taufen ließen, haben mehr verloren, als sie hinzugewannen. Jakob Wassermann: »... sie gewinnen Christus nicht, sie verlieren nur sich.«

Der vorurteilslose Dolf Sternberger schrieb über Heines Taufe, daß ohne die jüdische Religion »auch die Identität des Volkes zerfallen« müsse. Wahrscheinlich kann diese Frage nur ein Jude beantworten. In Mitteleuropa möchte man inzwischen lieber glauben, daß »Volk« und »Religion«, wie auch immer sie früher verbunden oder auf einander angewiesen sein mögen, inzwischen ohne einander auskommen sollten.

In einem Aufsatz von Uri Avnery konnte man nach der Ermordung Rabins lesen, daß die Frage, ob ein Jude ohne jüdische Religion noch einer sei, in Israel immer noch peinlich akut ist. »... welche Gesetze sollen bei uns gelten?« fragt Avnery, die »Gesetze der demokratisch gewählten Knesseth, durch Mehrheitsbeschluß verabschiedet? Oder die Gesetze Gottes, die vor 3200 Jahren am Berge Sinai ein für allemal und für ewig unveränderlich verkündet worden sind?« Die staatliche Legalität ist nichts, gilt nichts, wenn die Rabbiner entscheiden, sie sei nicht mit dem religiösen Gesetz vereinbar. »...Mord inbegriffen...«, schreibt Avnery.

Ich zitiere diese Problemlage, weil sie uns ahnen läßt, wovon deutsche Juden sich von 1812 bis 1933 emanzipieren wollten. Schon Heinrich Heine sah sich als arme deutsche Nachtigall, die ihr Nest gebaut habe in die Perücke des Monsieur Voltaire. Und Klemperer, der leidenschaftliche Erklärer der französischen Aufklärung, war nicht nur im »Selbstbetrug« befangen, sondern eben auch in einem Kulturvertrauen, in einer Tradition, die er, ihrer rechtlichen Gegründetheit wegen, für unerschütterlich hielt. Halten durfte. Er hat, als er ab 1942 die Geschichte der Juden studierte, bemerken müssen, wie dünn und brüchig der Boden war, auf dem die Juden in den letzten hundert Jahren in Deutschland lebten. Klemperer hat die Katastrophe des Assimilierten bis zur unsäglichsten Bitterkeit durchlitten. »Die Umkehr der Assimilierten-Generation –«, notiert er im Mai 42: »Umkehr, wohin? Man kann nicht zurück, man kann nicht nach Zion. Vielleicht ist es überhaupt nicht an uns *zu gehen, sondern zu warten*: Ich bin deutsch und warte, daß die Deutschen zurückkommen; sie sind irgendwo untergetaucht.« Oder einen Monat später, in einer Diskussion mit dem Leidensgenossen Seliksohn, der ihn für den Zionismus gewinnen will: »Und wenn ich auch Deutschland haßte, ich würde deshalb nicht undeutsch, ich könnte mir das Deutsche nicht ausreißen.« Er möchte, notiert er dazu, »hier wieder aufbauen helfen«. Aber dann fragt ihn im Mai 1944 eine Frau, die keine Jüdin ist, mit der er in der Papierfabrik gut zusammenarbeitet: »Haben Sie eine deutsche Frau?« Klemperer: »Mich erschüttert das mehr als das Fremdwort ›arisch‹. Es zeigt, wie sehr die ›totale Abschnürung‹ der Juden im Volksbewußtsein geglückt ist.« Das ist für ihn die am weitesten gehende Vertreibung, die aus dem lebenslänglich angestrebten Deutschtum. Auch noch nach 1945 gibt es jüdische Aussagen, die die Assimilation nicht nur als »Selbstbetrug« werten; Jurek Becker über seinen Vater: »Einmal sagte er, daß es ihm nie im Leben eingefallen wäre, sich für einen Juden zu halten, wenn es keine Antisemiten gäbe.«

In dem jetzt in den *Dresdner Heften* gedruckten Tagebuch der zweiten Hälfte 1945 steht: »Ich möchte an den linkesten Flügel der

KPD ... Und andererseits: Freiheit, die ich meine.« In der abstrusen Verwaltungsrealität des Jahres 45 mußte, wer im russisch besetzten Gebiet als »Opfer des Faschismus« anerkannt werden wollte – und diese Anerkennung war für die ausgezehrten, verfolgungserschöpften Klemperers eine Bedingung des Überlebens –, der mußte in eine Partei eintreten. Da die KPD die Partei war, die das, was Klemperer »ausmisten« nannte, am glaubwürdigsten betrieb, kam für ihn nur die KPD in Frage. In seinem Aufnahmeantrag steht, daß er sich früher »gesinnungsmäßig und als Wähler zu den Freisinnigen gehalten« habe: »Wenn ich ohne eine Änderung dieser Tendenz, was die philosophische und besonders geschichtsphilosophische Grundanschauung anlangt, dennoch um Aufnahme in die Kommunistische Partei bitte, so ...«, und jetzt folgt der Ausdruck der Angst, es könne wieder, wie nach dem Ersten Krieg, die »geistige Reaction« um sich greifen. Im Tagebuch, dem Ort des genauesten Textes zur Selbstvergewisserung, steht, es sei ihm in »egoistischer wie ideeller Beziehung gleich fraglich«, ob er sich richtig entschieden habe.

Das ist das schlechterdings Fabelhafte der Prosa-Existenz Victor Klemperers: seine unter gar allen Umständen gleichbleibende Genauigkeit, die sich oft genug auswächst zu einer Unerbittlichkeit gegen ihn selber. Das ist geradezu die Klempererersche faculté maitresse, diese durch gar nichts zu trübende Genauigkeit. Auch durch kein Interesse. Das einzige Interesse, das sich auf diesen 3500 Seiten unablässig manifestiert, ist das Interesse, genau zu sein. Ehrlich sein möchte vielleicht jeder. Jeder, der schreibt. Ehrlich sein ist eine Tugend. Genau sein eine Fähigkeit. Eine Ausdrucksfähigkeit. Und der Grad der so erreichten Ausdrucksfähigkeit bestimmt den Grad der Glaubwürdigkeit, der Vertrauenswürdigkeit. Womit endlich der wirkliche Wert aller Schriften Victor Klemperers beim wirklichen Namen genannt ist. Vertrauenswürdigkeit von Geschriebenem oder seine Brauchbarkeit oder Willkommenheit kann ja, so hart das klingen mag, nie in seinem Inhalt begründet sein, sondern ganz allein in der Art der Mitteilung. Das Erlebte ist uns nur so wichtig und so nahe, wie uns der Erlebende ist. Und das ist er uns nur durch seine Erlebnis- beziehungsweise Mitteilungsart. Klemperers Art, sein Erlebnis mitzuteilen, ist von Anfang an von Fragezeichen begleitet. Einmal zitiert der Romanist auch einen Franzosen, der erklärt hatte, das Fragezeichen sei das wichtigste Satzzeichen. Klemperer glaubt sich etwas nicht schon deshalb, weil es ihm so und so vorkommt. Welche Skrupel, ja, Ängste muß er schriftlich reflektierend überwinden, als er in den Dreißigerjahren sein geliebtes Dix-huitième nicht weiter erforschen und darstellen darf und deshalb zum Autobiographen wird. »Ich... stamme aus mittleren Verhältnissen und habe Mittleres geleistet«, da konnte eine Autobiographie, glaubt er, »als lächerliche Anmaßung empfunden werden«. Kann jemand, der Montesquieu, Voltaire und Corneille dargestellt hat, auch sich selber darstellen? Wird sein Stil nicht nur ein Widerschein dessen sein, was er sich als Philologe angelesen hat? Im *Curriculum* zitiert er selber eine Tagebuchstelle aus der Pariser Studienzeit, also etwa 1904: »Ich leide an literarischem Verfolgungswahn.« Er hatte damals begonnen, Novellen und einen Roman zu schreiben. Er kommentiert diese Stelle dreißig Jahre später:

»... immer mußte ich mißtrauisch grübeln, was mich beeinflußt haben könnte, immer quälte mich die Furcht vor Unselbständigkeit, vor Anlehnung oder Kopie.« Ich zitiere diese literarischen Skrupel als ein Beispiel für Klemperers Hang und Zwang, sich nichts einfach durchgehen zu lassen. Alles muß einen jede bloße Empfindung versehrenden Zaun von Fragezeichen passieren. Jedesmal, wenn Eva Klemperer krank wird – ob 1910 oder 1940 –, wirft er sich vor, daß er zu wenig teilnehme: »... schlimmer als meine Unfähigkeit zu helfen empfand ich meine Stumpfheit und Leere. ... Und noch widerwärtiger als diese Apathie empfand ich, daß mir gegen meinen Willen ständig Dinge durch den Kopf gingen, an die jetzt zu denken mir niedrig und herzlos schien.« Und erspart sich nicht die Frage: »Wie hoch würden die Doktorkosten werden?« Man möchte am liebsten Humanismus und Realismus erst mit der Fähigkeit, so zu fragen, beginnen lassen. Erst wenn diese Fragefähigkeit entwickelt ist, erst durch solchen Zweifelzwang hört die Hörigkeit dem jeweils routinemäßig Gebotenen und Anerkannten gegenüber auf. Ein Beispiel dafür, wie diese

Genauigkeit jeweils erreicht wird: 1912, der Tod des Vaters wird erlebt beziehungsweise beschrieben. »Ich dachte: ›Wenn nur das Röcheln aufhörte. – Ich brauche einen Zylinder zur Beerdigung – ... Hat er mich noch erkannt? – Trauerkleidung für Eva – Hat er sich noch um mich gesorgt? – Stimmt der Vergleich zwischen Kino und Schattenspiel? – Warum habe ich immer versagt? – Er wäre doch so gern gerade auf mich stolz gewesen – Warum fühle ich jetzt keine Trauer, warum kommen mir keine Tränen? – Man sollte über das Weinen in den verschiedenen Epochen und Literaturen schreiben – Immer Literatur und nicht einmal jetzt ein unmittelbares und ganzes Gefühl – Ein Dichter hätte das Recht, so zu beobachten – Ich bin keiner – Ich müßte jetzt an Vater denken – Wie lange wird er noch röcheln? ...‹« Wer denkt da nicht an Kafkas Tagebuchsatz von 1913: »Für Familienleben fehlt mir ... jeder Sinn außer dem des Beobachters im besten Fall.« Aber diese ununterdrückbaren Zweifel an der eigenen Empfindungsart und -fähigkeit können es mit jedem nichts als warm oder ungebrochen strömenden Mitgefühl aufnehmen, was Menschlichkeit angeht. Ein Beobachter, der nicht auch ein Beobachter seiner selbst ist, kann doch gar nicht recht glaubwürdig werden. Und wie liebenswürdig wird einem Victor Klemperer, wenn er als klassizistisch befangener Professor entscheidet, daß er kein Dichter sei und sich als Prosaist bei eben dieser Entscheidung deutlich voraus ist. Und zum Glück ist der Prosaist in ihm ursprünglicher als der klassizistische Professor. Also ausschlaggebend. Auf diese Realismusleistung beim Erzählen der Sterbestunde des Vaters folgen noch Sätze, die sanft über das eben Geleistete hinausgehen, und zwar durch Zurücknahme, durch Relativierung, eben durch Genauigkeit: »Nach irgendeiner endlosen Zeit, ich kann also doch nicht so genau beobachtet haben, obschon ich immer noch im Türrahmen zum Salon lehne, ist Georg im Zimmer; ... Ich registriere bei mir: ›Im Romanklischee heißt das: Er stand in Schmerz versunken; aber ich war ja auch in die Kosten des Zylinders und in den Kinoaufsatz und in ein Dutzend anderer Dinge versunken.‹ Georg schiebt die Decke ein wenig zurück, legt das Höhrrohr an und sagt zu sich: ›Vielleicht noch dreißig Minuten.‹«

Das ist der Schriftsteller Victor Klemperer, gleichgültig, ob er beschreibt, wie in Landsberg an der Warthe der Salamander gerieben, wie in Flandern der vorderste Graben erreicht oder in Dresden der Überfall der Gestapo ertragen wurde.

In achtzig Jahren keine Privatsache. Das liegt eben an der Art der Mitteilung, an der Genauigkeit des Ausdrucks. Privatsache ist ja nur das, was im Ausdruck nicht das Licht der Welt erreicht.

Erst am 27. November 1938, also fast drei Wochen nach der Pogrom-Nacht des 9. November, ist er im Stand zu erzählen, was am 11. November – sie wohnten noch in ihrem Haus in Döltzschen – passierte. Ich habe mich gewehrt, in der Verhaftungsszene in Kafkas Prozeß-Roman eine prophetische Gestapo-Szene zu sehen, umgekehrt aber erreicht Victor Klemperer, der ganz offensichtlich Kafka nicht kannte, in der Schilderung einer Durchsuchungsszene kafkaische Wirkungen. Jetzt kann man sagen: Es ging in Wirklichkeit so zu wie bei Kafka. Aber nicht nur wegen der Uniformen und der unfaßbaren Willkür der staatlich legitimierten Terroristen, sondern wegen der grauenhaften Komik, mit der eine solche Szene bei Kafka und bei Klemperer abläuft. Die drei Eindringlinge bei Klemperer durchsuchen das Haus am 11. November nach Waffen; Klemperer weiß nicht mehr, wo im Haus Säbel und Seitengewehr aus dem Ersten Weltkrieg herumliegen könnten; also wird alles durchwühlt und aufgebrochen. Eva Klemperer will natürlich behilflich sein, diese harmlosen Waffen zu finden, um sie los zu sein. »Als Eva einmal ein Handwerkszeug holen wollte, lief der junge Gendarm hinter ihr her; der ältere rief: ›Sie machen uns mißtrauisch, Sie verschlechtern Ihre Lage.‹« Diese Kafka-Komik muß heute keinem mehr erklärt werden. Nur, hier stammt sie direkt aus dem realen Terror. Allerdings bedarf es, daß die im Gräßlichen vorhandene Komik offenbar werde, des Schriftstellers.

Vier Epochen deutscher Geschichte hat der Schriftsteller Victor Klemperer so erfahren und so ausgedrückt. Kaiserreich, Weimarer Republik, Drittes Reich, DDR. Kaiserreich und Drittes Reich liegen jetzt vor. 1919 bis 1933 fehlt noch. Wie er die DDR erfuhr, können wir dank der *Dresdner Hefte* und dank einiger Nuancen in dem 1947 erschienenen *LTI* schon erleben. Im November 45 sieht er auf dem Albrechtplatz in Dresden das Bild des »Marschalls Stalin« und notiert: »Es könnte auch Hermann Göring sein.« Und, auch noch im November 45: »Schauderhaft die Identität der LTI und LQI (Lingua Quartii Imperii, also die Sprache des Vierten Reichs), des sowjetischen und des nazistischen ... Liedes! Das drängt sich von Morgen bis Mitternacht überall auf und durch! In jedem Wort, jedem Satz, jedem Gedanken ... Unverhülltester Imperialismus der Russen!« Und doch hat Klemperer die DDR nicht verlassen. So wenig Emigration wie zwischen 33 und 45. Wer heute sein *LTI* von 1947 liest, kann sich wundern über ein paar Stellen, in denen den Russen und der Sowjet-Idee geopfert wurde. Die Tagebücher sind die erwünschte Ergänzung zu diesen Stellen. Soweit sie jetzt vorliegen, sind sie ein Beleg dafür, daß Victor Klemperer der Schriftsteller blieb, der er wirklich von Anfang an war. In diesem Versuch, die Sowjet-Ideologie erträglich zu finden, wirkte die Angst nach, Weimar könne sich wiederholen. Heinrich Heine hatte ein Jahr vor seinem Tod formuliert: »Aus Haß gegen die Nazionalisten könnte ich schier die Communisten lieben.«

Es hat sich in Deutschland eine neue Kritiksparte etabliert, und sie blüht krasser als jede andere Kritiksparte. Zur Literatur-, zur Theater-, zur Film-, zur Kunst- und zur Musikkritik haben wir jetzt die Biographiekritik bekommen. Frau X und Herr Y beschäftigen sich mit der Biographie eines Toten oder noch Lebenden und stellen fest und beweisen, der und der hätte so nicht denken oder schreiben dürfen. Es ist klar, daß diese Lust zur Biographiekritik eine Folge dieses deutschen Katastrophenjahrhunderts ist. Noch nie war Rechthaben in Deutschland so wichtig wie in diesem Jahrhundert. Und noch wichtiger: Rechtgehabthaben. Das hat mit dem Zwist zwischen Heinrich und Thomas Mann angefangen und kann mit dem, was uns seit 1989 moralisch vorgeturnt wird, von Mal zu Mal zu Mal immer wieder kein Ende finden. Meistens zeigen uns unversucht gebliebene Nachgeborene, wie sich die Väter, Großväter, Urgroßväter hätten benehmen müssen, damit sie vor dem moralischen Besserwissen der gänzlich

Unversuchten bestehen könnten. Manchmal kann man meinen, heute gebe es überhaupt keine aktuelle Möglichkeit mehr, sich moralisch-politisch zu bewähren, deshalb inszenierten die moralllüsternen Nachgeborenen ihr Bessersein ausschließlich auf den katalaunischen Feldern von gestern und vorgestern. Vielleicht erfahren sie einmal durch ihre Enkel, welche Bewährungsgelegenheiten sie zu ihrer Zeit, also heute, versäumt haben. Sie müßten dann antworten: Das haben wir nicht gewußt. Dieser Text ist ja bekannt. Allen Biographiekritikern seien die Aufzeichnungen Victor Klemperers empfohlen. Am meisten denen, die eine Berufung empfinden, anderen einen angemessenen Umgang mit unseren Vergangenheiten zu empfehlen. Bei Victor Klemperer kann man lernen, mit dem eigenen Gewissen umzugehen, statt auf das der anderen aufzupassen. Wer die Klempererersche Schule der Genauigkeit durchläuft, wird Mitleid haben mit denen, die es sich zur Lebensaufgabe machen, den Opfern des NS-Terrors ein sichtbares Denkmal zu setzen. Kann es einen heftigeren Kontrast geben als den zwischen dem Glauben, daß dem Ausmaß des

Grauens durch gigantische Dimensionen entsprochen werden müsse, und der unwiderstehlichen Genauigkeit dieser in der Sprache aufgehobenen Grauensmomente? »Kranzabwurfstellen« hat die scharfsichtige Beobachterin Jane Kramer diese geplanten monströsen Hauptstadtmonumente genannt. Abgesehen davon, dieser Versuch, das Hinschauen, das Bemerken, das Darandenken durch Monumentalität zu erreichen, kann auch einen Wegschauzwang bewirken; in Jugendlichen, die sich herostratisch tummeln wollen, auch Schlimmeres. Womit dann fort und fort dafür gesorgt wäre, daß Deutschland aus den schlimmsten Nachrichten nicht mehr herauskäme. Sinnvoll wäre, dafür zu sorgen, daß Klemperer überall gegenwärtig wäre, daß er zu einer wichtigen Auskunftsquelle über diese Epoche deutscher Geschichte werden würde. Ich kenne keine Mitteilungsart, die uns die Wirklichkeit der NS-Diktatur faßbarer machen kann, als es die Prosa Klemperers tut. Film, Photographie, Tonband, Fiktion, Geschichtsschreibung – alles, was ich bisher an Zeugnis oder Beschreibung der NS-Diktatur kennengelernt habe, ist mir weniger eindringlich vorgekommen als die Aufzeichnungen Victor Klemperers. Nirgends sonst habe ich den Verbrecherstatus der damaligen Machthaber und Funktionäre so erleben und erkennen können wie in diesen Tagebüchern. Daß es die Bevölkerung gab und eine Bande von Verbrechern als Machthaber. Wie sich diese Kriminalität einnisten konnte im Legalen. Wie der staatlich produzierte und legalisierte Haß die einen zur puren Bösartigkeit, andere aber zur reinen Menschlichkeit motivierte. Wieder andere zum Wegschauen.

Es ist zwar kein Trost, aber eine Art Ermutigung, daß das Medium, in dem dieses Zeugnis erscheinen kann, die Sprache ist. »Gegen die Wahrheit der Sprache gibt es kein Mittel«, hatte Klemperer im März 42 notiert. Der Satz hätte auch Gershom Scholem gefallen, der zu Walter Benjamins Geburtstag im Juli 1918 95 Thesen über Judentum und Zionismus entwarf, und die 24. These lautete: »Das Gesetz der talmudischen Dialektik: Die Wahrheit ist eine stetige Funktion der Sprache.« Das ist das Ermutigende. Die Sprache ist zwar als Herrschafts- und Propagandamittel mißbrauchbar, aber sie ist dann auch schon das Gericht.

Klemperers Kulturvertrauen hat ihn nicht getäuscht. Sein »Berufsmut« war sinnvoll.

Schon während des Ersten Weltkriegs hat Klemperer notiert, daß er aus diesem Krieg zurückkehren werde mit dem Zweifel an jeder Position. Und das ist seine lebenslängliche Textbewegung: jede Position, in die er sich zur Selbstvergewisserung hineinschreibt, wird dadurch, daß er sie hat, verlassenswert. Er selber erlebt nur Zweifel, Unruhe, Unsicherheit, lebenslängliche Selbstungewißheit; aber dadurch erleben wir in den so erschriebenen Texten einen Menschen von vollkommener Vertrauenswürdigkeit. Und unversehens wird eben daraus auch Liebenswürdigkeit. Eine Liebenswürdigkeit, die nichts von sich weiß. Ich weiß nicht, was Schiller dazu sagen würde, aber mich hat einigermaßen ergriffen die moralische Schönheit dieses Victor Klemperer.

Diese Rede erscheint, zusammen mit zwei weiteren Texten Martin Walsers, im Mai 1996 unter dem Titel »Literatur als Weltverständnis. Drei Versuche« bei der Edition Isele.

Martin Walser
im Suhrkamp Verlag und
im Insel Verlag

Die Anselm Kristlein Trilogie. Halbzeit. Das Einhorn. Der Sturz. 3 Bände in Kassette. st 684
Auskunft. 23 Gespräche aus 26 Jahren. Herausgegeben von Klaus Siblewski. Erstausgabe. st 1871
Beschreibung einer Form. Versuch über Kafka. st 1891
Brandung. Roman. Leinen und st 1374
Brief an Lord Liszt. Roman. Engl. Broschur und st 1183
Dorle und Wolf. Eine Novelle. Engl. Broschur und st 1700
Ehen in Philippsburg. Roman. BS 527 und st 1209
Eiche und Angora. Eine deutsche Chronik. es 16
Das Einhorn. Roman. st 159
Fingerübungen eines Mörders. Zwölf Geschichten. st 2324
Ein fliehendes Pferd. Novelle. BS 819, st 600 und st 2250
Ein fliehendes Pferd. Theaterstück. Mitarbeit Ulrich Khuon. es 1383
Ein Flugzeug über dem Haus. Und andere Geschichten. st 612
Gesammelte Geschichten. BS 900
Geständnis auf Raten. es 1374
Halbzeit. Roman. Leinen und st 94 (2 Bde.)
Heilige Brocken. Aufsätze, Prosa, Gedichte. st 1528
In Goethes Hand. Szenen aus dem 19. Jahrhundert. Kartoniert
Jagd. Roman. Leinen und st 1785
Jenseits der Liebe. Roman. st 525
Kaschmir in Parching. Szenen aus der Gegenwart. Gebunden
Ein Kinderspiel. Stück in zwei Akten. es 400
Liebeserklärungen. Leinen, st 1259 und it 1641
Lügengeschichten. st 1736
Martin Walser liest »Die Verteidigung der Kindheit«. Tonband-Kassette. 45 Minuten.
Meßmers Gedanken. Leinen, BS 946 und st 2140
»Mit der Schwere spielen«. Ein Brevier. Ausgewählt von Hans Christian Kosler. Gebunden
Ohne einander. Roman. Leinen und BS 1181
Die Ohrfeige. st 1457
Das Sauspiel. Szenen aus dem 16. Jahrhundert. Kartoniert
Das Schwanenhaus. Roman. Leinen und st 800
Seelenarbeit. Roman. Leinen und st 901
Selbstbewußtsein und Ironie. Frankfurter Vorlesungen. es 1090
Das Sofa. Eine Farce. Engl. Broschur
Stücke. st 1309
Der Sturz. Roman. Leinen und st 322

24/1/7.95

Martin Walser
im Suhrkamp Verlag und
im Insel Verlag

Über Deutschland reden. es 1553
Die Verteidigung der Kindheit. Roman. Leinen und st 2252
Vormittag eines Schriftstellers. Leinen und st 2510
Wer ist ein Schriftsteller? Aufsätze und Reden. es 959
Wer kennt sich schon. st 2453
Wie und wovon handelt Literatur. Aufsätze und Reden. es 642

Die Amerikareise. Versuch, ein Gefühl zu verstehen. Mit 51 farbigen Bildern von André Ficus. it 1243
Heimatlob. Ein Bodensee-Buch. it 645

Reden und Essays

Mein Schiller. Rede bei der Entgegennahme des Schiller-Gedächtnispreises 1981. Schallplatte
Jonathan Swift: Betrachtungen über einen Besenstiel. Ein Lesebuch zum 250. Todestag. Mit einem Essay von Martin Walser. Zusammengestellt von Norbert Kohl. it 1767
Der Unerbittlichkeitsstil. Rede zum 100. Geburtstag von Robert Walser. Schallplatte

Editionen, Nachworte

Maria Beig: Hochzeitslose. Roman. Mit einem Nachwort von Martin Walser. st 1163
Maria Beig: Rabenkrächzen. Eine Chronik aus Oberschwaben. Roman. Mit einem Nachwort von Martin Walser. st 911
Franz Kafka: Er. Prosa. Auswahl und Nachwort von Martin Walser. BS 97
Lektüre zwischen den Jahren. Kennst Du Dich selbst? Ausgewählt von Martin Walser. Kartoniert
Heinrich Lersch: Hammerschläge. Ein Roman von Menschen und Maschinen. Mit einem Nachwort von Martin Walser. BS 718

Übersetzungen

Molière: Der eingebildete Kranke. Aus dem Französischen von Johanna Walser und Martin Walser. it 1014
Bernard Shaw: Band 1: Die Häuser des Herrn Sartorius. Komödie in drei Akten. / Frau Warrens Beruf. Stück in vier Akten. Deutsch von Harald Mueller und Martin Walser. st 1850

24/2/7.95

Martin Walser
im Suhrkamp Verlag und
im Insel Verlag

Bernard Shaw: Band 9: Falsch verbunden. Komödie in drei Akten. Deutsche Erstausgabe in der Übersetzung von Alissa Walser und Martin Walser. Mit der Vorrede des Autors »Eltern und Kinder«. st 1858

Bernard Shaw: Frau Warrens Beruf. Stück in vier Akten. Aus dem Englischen von Martin Walser. BS 918

Sophokles: Antigone. Übersetzt von Hölderlin. Bearbeitet von Martin Walser und Edgar Selge. it 1248

Zu Martin Walser

Martin Walser. Herausgegeben von Klaus Siblewski. stm. st 2003

24/3/7.95